As experiências de Saleb e Setra

SESI-SP editora

Conselho Editorial
Paulo Skaf (Presidente)
Walter Vicioni Gonçalves
Neusa Mariani

2ª reimpressão, 2017

Knijnik, Fernando Dorfman

As experiências de Saleb e Setra: para gostar de ciências / Fernando Dorfman Knijnik – São Paulo: SESI-SP editora, 2016.

68 p.: 42 il.. – (Para gostar de ciências) –

978-85-8205-512-0

1. Ciências. 2. Estudo e ensino. I. Título.

CDD: 530

Índice para catálogo sistemático:

1. Ciências : Estudo e ensino

Bibliotecária responsável: Josilma Gonçalves Amato CRB 8/8122

SESI-SP Editora
Avenida Paulista, 1.313, 4º andar, 01311-923, São Paulo – SP
Tel. (11) 3146-7308 editora@sesisenaisp.org.br
www.sesispeditora.com.br

As experiências de Saleb e Setra

Fernando Knijnik

SESI-SP editora

Para Ana, que é mais que um anagrama: é todas em uma só.

Apresentação 6

Quem são Saleb e Setra? 9

A saída do congelador 13

Saleb e Setra brincando na água 17

A experiência 21

A pergunta 25

A outra pergunta 37

Alterando a experiência 43

A grande experiência 47

O desafio 53

O peixe e a banheira 57

Indo mais fundo 63

Apresentação

É praticamente consenso entre os educadores a ideia de que o pensamento científico deve ser desenvolvido desde muito cedo. O que tem suscitado debates e controvérsias, no entanto, é a questão de como fazê-lo.

Essa preocupação também está presente na concepção e no planejamento do Sistema SESI-SP de Ensino, já que temos consciência de que o ensino de ciências ao longo da educação básica constitui pedra fundamental das formulações que, com o tempo, deverão ser estruturadas como pensamento científico.

Para alcançar esse resultado, entendemos que é indispensável preservar e consolidar com os estudantes o caráter empírico da ciência. Ele integra a própria natureza da ciência, em que tão importante quanto o produto do conhecimento é o processo que leva a ele. Questão de método.

Quando se trata de ensinar jovens iniciantes, o grande desafio consiste em potencializar a curiosidade natural dos alunos para desenvolver competências científicas. Trata-se de organizar o conteúdo de forma a estabelecer bases sólidas para que o pensamento científico se desenvolva e o prazer de aprender se renove continuamente.

Esse foi o caminho trilhado por Fernando Knijnik ao criar *As experiências de Saleb e Setra*. Com grande habilidade e leveza, o autor introduz os princípios do método científico, desafiando o leitor a testar hipóteses por meio de experiências simples. De forma lúdica, associa os resultados dessas experiências a conceitos básicos de física.

É, portanto, com grande satisfação que apresentamos este título que inaugura a série *Para gostar de ciências*, da SESI-SP Editora, na certeza de que, por meio de uma leitura prazerosa, o leitor encontrará conhecimentos para a construção do pensamento científico.

Walter Vicioni Gonçalves
SUPERINTENDENTE DO SESI-SP

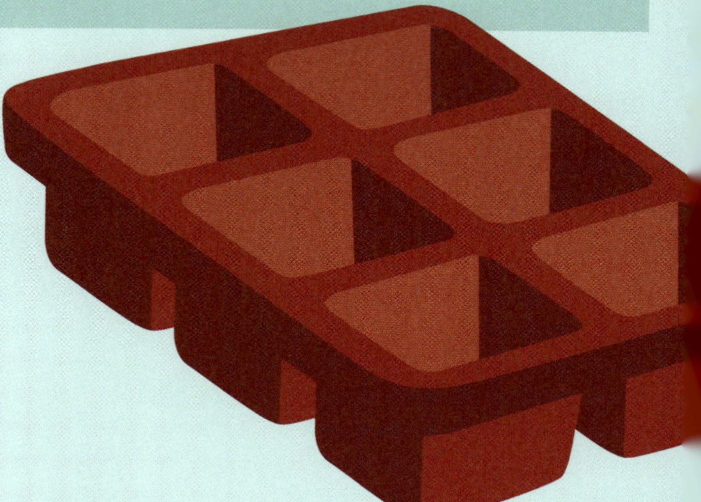

Quem são Saleb e Setra?

Oi!

Saleb e Setra são dois cubos de gelo que são amigos há muito tempo.

Eles se conheceram quando ainda estavam no congelador da geladeira...

Além de serem muito amigos, Saleb e Setra são parecidos um com o outro. É como se fossem irmãos gêmeos.

Eles foram criados juntos, desde quando eram apenas água. Aí colocaram essa água em uma fôrma de gelo, depois a fôrma foi para o congelador... Eles cresceram e viraram gelo!

11

Enquanto Saleb e Setra estavam no congelador, crescendo e se transformando em gelo, eles imaginavam como seria a vida aqui fora.

Sonhavam que um dia poderiam sair e conhecer o mundo. Sonhavam que poderiam brincar à vontade.

Iriam correr...

Iriam andar de bicicleta...

Iriam brincar de bolinha de gude...

De quais outras brincadeiras você acha que Saleb e Setra iriam gostar?

A saída do congelador

Finalmente chegou o dia em que Saleb e Setra iriam sair do congelador onde cresceram. E olha que a saída não foi fácil, viu?

Era tão mais fácil se mexer antes de terem se transformado em gelo, pois estavam no *estado líquido* e podiam se mover livremente para todos os lados. Mas agora tinham virado sólidos! Os sólidos também podem se mover, mas não com tanta liberdade como os líquidos, não é mesmo? Por que será?

Ao olhar a imagem da página anterior, nos lembramos de alguém tentando tirar os cubos de gelo da fôrma – meio difícil, não é? Parece tão apertado...

Olha só que legal: todas as coisas ficam um pouco menores quando está frio; parece que elas vão encolhendo por causa dele até congelarem. E a água? Pois é, com a água ocorre o contrário: a água fica um pouco *maior* quando se torna gelo. Pergunte a um adulto se ele já esqueceu sem querer uma garrafa de vidro cheia de água ou de outro líquido com água no congelador. Aposto que ele vai se lembrar do que aconteceu com a garrafa! ☹

Parece que nascer não é tão fácil assim. Legal seria se inventassem um jeito mais fácil de tirar os cubos de gelo das fôrmas, como este:

Ou será que já inventaram?

Saleb e Setra brincando na água

Esta é uma brincadeira que Saleb e Setra estavam doidos de vontade de experimentar: brincar na água e nadar!

Todo mundo adora água – dizem que tem alguma coisa a ver com o nosso passado, com o que vivemos na barriga da mamãe...

Saleb e Setra também tinham esse passado: eram água líquida até pouco tempo atrás. Deve ser por isso que sonhavam em brincar na água. Iriam mergulhar, espirrar água para todos os lados, divertir-se de montão!

Um dia, Saleb e Setra brincaram tanto na água que acabaram ficando cansados e resolveram descansar um pouco. Aí perceberam que...

...na hora em que eles ficavam quietos e parados, não afundavam, flutuavam sem fazer nenhum esforço. E acharam isso muito legal! Imagina, flutuar, tranquilo, só relaxando, sem nenhum esforço...

Logo depois perceberam que não era o corpo todo que ficava fora da água, era só a parte de cima...

...mas não deram muita atenção a isso, de tão ocupados que estavam em aproveitar essa sensação de flutuar livremente.

Até que um dia um deles perguntou: será que os cubos de gelo sempre conseguem flutuar livremente na água?

Para descobrir isso e muito mais, é só continuar lendo!

A experiência

Saleb e Setra são dois cubos de gelo muito curiosos, por isso logo quiseram saber se era verdade que eles sempre conseguiriam flutuar na água. Para descobrir se era isso mesmo, eles viajaram para vários países e conheceram diversos lugares e pessoas.

Em um lugar muito frio, conheceram um pedaço de gelo gigante, que flutuava na água como eles.

Iceberg

E, então perceberam que era verdade mesmo: o gelo *sempre* flutua quando está na água. E mais: uma parte pequena *sempre* fica para fora da água.

Mas aí o professor lhes perguntou o seguinte:
Professor?

Isso mesmo, Saleb e Setra já eram grandes e estavam indo para a escola. Como eles eram muito curiosos, logo perceberam que a escola era um lugar onde eles conseguiriam aprender muito mais sobre as coisas e as pessoas do mundo, mesmo sem ter que viajar para todos os lugares e conhecer todas as pessoas.

E o professor? Bem, o professor vivia fazendo perguntas que os obrigava a pensar e a pensar na resposta... Diversas vezes, de tanto pensar e pesquisar, eles acabavam descobrindo coisas muito diferentes do que imaginaram no início.

Saleb e Setra gostavam da escola porque ela fazia com que *mudassem o jeito de entender* certas coisas, e assim iam descobrindo coisas novas quase todos os dias!

A pergunta

Qual foi a pergunta que o professor de Saleb e Setra fez naquele dia e que os deixou tão pensativos?
Ele perguntou o seguinte:

> **SERÁ QUE O GELO CONSEGUE FLUTUAR EM QUALQUER LÍQUIDO?**

Saleb e Setra tinham viajado por vários países, conhecido diversos mares, lagos e piscinas e sempre tinham conseguido flutuar sem a menor dificuldade. Então a resposta à pergunta do professor era fácil! Mas...

... Eles sabiam que o professor era um cara esperto, que não faria uma pergunta fácil dessas se não tivesse um motivo. Será que havia algum tipo de pegadinha na pergunta dele? O que será que o professor tinha em mente?

Aí eles começaram a pensar...

... e pensar...

— É claro! – exclamou Saleb.

— O que é claro? – perguntou Setra.

— Os líquidos!

— O que tem os líquidos?

— O professor perguntou se podemos flutuar em qualquer *líquido*.

— E o que tem isso?

— Ora, Setra, em todas as vezes que flutuamos estávamos em *um mesmo tipo de líquido*...

— É mesmo, era sempre a água!

— Isso! Às vezes era água salgada, como quando nadamos no mar, às vezes era água doce, como nos rios e lagos; mas era sempre água.

— Será que se os líquidos fossem diferentes...

— E como fazemos para descobrir?

— Já sei! – disse Setra.
— O que você já sabe, Setra?
— Já sei como podemos descobrir essa resposta, Saleb!
— Como?
— Vamos fazer uma *experiência*!
— Isso, uma experiência. Não é assim que as pessoas *descobrem se aquilo que estão imaginando está certo ou não*?
— Isso mesmo, Saleb, elas *testam as suas ideias* fazendo experiências!
— Ah, que legal, Setra! Que nem em um laboratório? Uma experiência científica?
— É, uma experiência científica!

— E como se faz uma experiência científica?

E lá se foram Setra e Saleb pensando e pesquisando sobre como fazer uma experiência científica. Quer saber o que eles descobriram?

Veja o que Saleb e Setra encontraram sobre a forma de fazer uma experiência:

1 **Primeiro, você faz uma pergunta:**

O gelo flutua em qualquer líquido?

2 **Depois, pode ter uma ideia sobre qual deve ser a resposta (sim, não, talvez, depende...).**

3 Aí você parte para verificar se a sua resposta está certa. Mas é preciso planejar direitinho como vai testar a sua ideia.

4 Em seguida, você junta os resultados...

5 ...e tira uma conclusão!

— Mas, Saleb, e se a conclusão for que a nossa ideia inicial estava errada?

— Tudo bem, Setra, isso não quer dizer que a experiência deu errado. Nesse caso, a gente usa os resultados da experiência para ter novas ideias para *modificar e melhorar* a experiência. Aí começa tudo de novo...

— E qual é a sua ideia para testar a nossa resposta à pergunta do professor?

Pergunta, pensa, pensa, pensa... Ideia!

— Olha, Setra, pensei muito na pergunta do professor e acho que o gelo flutua em todos os líquidos.

— Ih, Saleb, eu acho que o gelo flutua em alguns líquidos, tipo a água, mas pode ser que afunde em outros líquidos.

— Vamos fazer uma experiência?

Bom, o primeiro e o segundo passos nós já temos, não é? A pergunta do professor e a nossa ideia do que deve acontecer. E você, leitor, o que acha que acontecerá com o gelo? Será que ele flutua em qualquer tipo de líquido?

Para testar a resposta, vamos utilizar os seguintes materiais:

Dois copos grandes e transparentes, de preferência de vidro.

Dois cubos de gelo.

E dois líquidos parecidos.

Vamos colocar a água em um dos copos e o álcool no outro. Esses líquidos costumam ser encontrados facilmente, são transparentes e não apresentam nenhum perigo em sua utilização. Claro que ninguém vai riscar um palito de fósforo e colocar no álcool, porque daí ele pega fogo e queima a pessoa que colocou o fósforo lá. *Nem por curiosidade tente isso, porque a pessoa acabará se queimando.*

O que acontece se você, sem querer, derramar um pouco do álcool na mesa onde estão os copos? Nada! O álcool desaparecerá (evaporará) muito rapidamente, sem perigo algum. Mesmo assim, essa parte da experiência requer que você *peça ajuda a um adulto para manusear o álcool*, combinado?

Primeiro pegamos os copos e enchemos um pouco mais da metade de cada um com o líquido escolhido. Podemos fazer uma pequena marca nos copos para sabermos em qual deles colocamos cada líquido. Lembre--se de que estamos usando dois líquidos transparentes!

Com os copos cheios até pouco mais da metade, coloque com cuidado um cubo de gelo em cada um deles e veja o que acontece.

O *resultado* de sua experiência é a sua própria *observação* do que aconteceu com os cubos de gelo. Baseado nesse resultado você pode *concluir* se o gelo afunda em qualquer líquido ou não.

— Que legal, Saleb, as experiências científicas podem nos mostrar resultados bem diferentes do que imaginávamos antes delas!

A outra pergunta

O professor de Saleb e Setra ficou muito satisfeito com a experiência que eles fizeram e com o resultado obtido. Além de aprenderem sobre o assunto da flutuação do gelo, Saleb e Setra *aprenderam como se faz uma experiência*. Poderiam *repetir os mesmos passos* sempre que quisessem testar uma ideia ou obter a resposta a alguma dúvida que tivessem.

O professor aproveitou que Saleb e Setra tinham pesquisado o assunto da flutuação para perguntar o seguinte:

SERÁ QUE TODOS OS OBJETOS FLUTUAM NA ÁGUA, FICANDO SÓ UM PEDACINHO PARA FORA, QUE NEM O GELO?

— Como assim? – exclamaram Setra e Saleb.

— Ah, Saleb, vai ver que é isso: na experiência que a gente fez, usamos dois líquidos diferentes e testamos objetos iguais para ver se eles flutuavam.
— Isso mesmo, Setra, agora o professor quer saber se objetos *diferentes* flutuam em líquidos *iguais*, certo?
— Só pode ser isso mesmo, Saleb. A gente tem que repetir a experiência, só que mudando algumas coisas, fazendo outras observações e tirando novas conclusões.
— O que será que temos que mudar na experiência que fizemos, para testar nossas ideias para essa nova situação?

E você, leitor, o que acha que deve ser mudado na experiência que Saleb e Setra fizeram antes a fim de testar se todos os objetos flutuam na água?

— Parece que vamos precisar só de um tipo de líquido, não é, Setra?

— Podemos, então, usar apenas água, que é muito mais fácil de conseguir, Saleb.

— Certo, vamos usar apenas água. E os objetos diferentes? Será que precisam ser muito diferentes?

— Não sei, mas estava pensando em usar objetos *parecidos*, mas que fossem diferentes.

— Como assim, Setra? Diferentes, mas iguais?

— Não, Saleb, não é bem isso. Estava pensando no seguinte: e se a gente pegasse duas bolas e testasse para ver qual delas flutua na água?

— Mas aí não vai ter graça: as duas irão flutuar!

— Certo, mas e se a gente pegasse duas bolas diferentes?

— Como assim, bolas diferentes, Setra?

— É, Saleb, diferentes. Uma bola pode ser de

plástico e a outra de metal. Estava pensando em usar umas bolinhas pequenas, para que fossem do mesmo tamanho, mais ou menos, e que coubessem em um copo com água.

— Boa, Setra, ótima ideia. A gente podia usar também uma bolinha de gude, caso não encontremos uma de metal.

— Ou todas elas, Saleb. Quanto mais objetos, melhor! Mas acho importante elas não serem muito diferentes, entende? A gente vai testando as diferenças pouco a pouco.

— Isso mesmo, Setra, é muito mais difícil ver todas as diferenças de uma só vez, então vamos fazendo pequenas mudanças a cada nova experiência!

Alterando a experiência

Nesta experiência temos, novamente, as partes um e dois já feitas: a pergunta e a ideia sobre a resposta.

1 Será que todos os objetos flutuam na água, ficando só um pedacinho para fora, que nem o gelo?

2 Sim, não, talvez, depende (aqui, cada pessoa pode pensar de um jeito diferente).

3 Para testar a resposta, vamos precisar dos seguintes materiais:

Dois copos grandes e transparentes, de preferência de vidro.

Um líquido para colocar nos copos (pode ser água).

Objetos diferentes, mas um pouco parecidos (bolinha de isopor, por exemplo, ou de pingue-pongue e bolinha de metal ou de gude).

O teste: enchemos cada copo com água até um pouco mais da metade e depois, cuidadosamente, colocamos uma das bolinhas em cada um dos copos. Pode ser, por exemplo, a bolinha de isopor no copo da esquerda e a bolinha de metal no copo da direita.

4 Observações:

E, dessa vez, o que aconteceu?
No espaço abaixo, desenhe onde as bolinhas foram parar depois que você as colocou na água.

5 **Conclusão:**
A conclusão é a mesma da primeira experiência? O que mudou?

A grande experiência

— Que legal, Setra, descobrimos um monte de coisas sobre flutuação!

— Isso mesmo, Saleb, a gente pode chegar a mais conclusões se somarmos os resultados das duas experiências.

— A gente viu que a flutuação depende do *tipo de líquido* em que o objeto está e também do *tipo de material do qual o objeto é feito*.

— Com as experiências, a gente já aprendeu bastante sobre flutuabilidade.

— Será que ainda tem mais para a gente aprender sobre isso?

— O que você está pensando, Saleb?

— Estava pensando no *formato* dos objetos...

— Formato? Como assim?

— Pensei no seguinte: será que se a gente mudar o formato de um mesmo objeto que afunda na água, ele consegue flutuar?

— Mas é possível mudar a forma dos objetos, Saleb?

— Acho que de alguns, sim, Setra. É claro que estava pensando em objetos *maleáveis*, que fossem fáceis de mudar. É que lembrei que, quando era mais novo, costumava brincar de massinha, sabe?

— Sei, sim! Eu também brincava de massa de modelar quando era pequeno. Dava para fazer um monte de coisas!

— Às vezes minha mãe não gostava, porque eu enchia um copo com água e colocava a massinha dentro só para ver o que ia acontecer.

— Você lembra o que acontecia com a massinha, Saleb?

— Lembro sim, Setra! E você também lembra?

— Agora você me pegou, Saleb. Não lembro mais se a massinha afundava ou flutuava...

— E se a gente fizesse mais uma experiência, Setra?

— Você quer dizer para testar se a massinha afunda na água?

— Isso mesmo! E ainda tem uma vantagem.

— Vantagem?

— É! A gente pode aproveitar a maleabilidade da massinha.

— Como assim?

— Da seguinte maneira: vamos começar pegando a massinha e fazendo uma bola mais ou menos do tamanho das que usamos na experiência anterior.

— Você quer dizer mais ou menos assim:

— Exatamente, Setra! Aí a gente coloca em um líquido e...
— Pode ser em um copo de água, Saleb?
— Claro!
— Então é para já!

— Viu o que aconteceu, Setra?
— Lembrei-me de tudo, Saleb! Inclusive da minha mãe dando bronca porque eu fazia bagunça com a água...

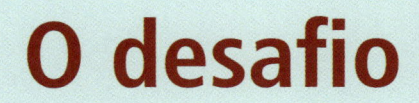

O desafio

— Então, Setra, agora que você se lembrou de que a bola de massinha afunda na água, fazendo essa experiência tão simples, gostaria de lançar um desafio.

— Um desafio, Saleb?

— Isso mesmo: quero ver se você consegue *mudar o formato* da bola de massinha para que ela flutue na água.

— Como assim, mudar o formato?

— A regra é a seguinte: você pode remodelar a massinha do jeito que quiser, até conseguir um formato que a permite flutuar na água. Será que você consegue?

— Mas a massinha não afundou na água, Saleb?

— É verdade, Setra, ela afundou. Mas garanto para você que se o formato dela for outro, ela irá flutuar!

— Posso tirar um pedaço para ela ficar menor?

— Não pode, não. A regra é clara: só pode mudar o formato da bolinha.

— Posso pensar um pouco?

— Claro, Setra. Pense e experimente com a massinha o quanto você quiser. Eu já consegui fazer com que a minha bola de massinha flutuasse quando era pequeno... É questão de ter paciência, imaginação e de tentar várias possibilidades.

— Então, tá! Já vou começar...

E você, leitor, será que consegue mudar o formato da bola de massinha para que ela flutue na água?

O peixe e a banheira

Em suas andanças e explorações pelo mundo, Saleb e Setra descobriram muitos fatos curiosos e divertidos sobre a água e o gelo. Uma série de coisas muito interessantes acabaram passando despercebidas no início, de tão ligados que estavam na questão da flutuabilidade do gelo. Mais tarde, detalhando outras descobertas, relataram algo muito legal sobre alguns peixes.

— Peixes?

Sim, sobre os peixes – ou melhor, sobre alguns peixes.

— Alguns peixes?

Sim! Eles descobriram que alguns peixes, como o *pacu* da foto acima, têm uma *bexiga natatória*.

— E o que é uma bexiga natatória?

Bom, a gente já sabe um pouco sobre os peixes, não é? Eles têm barbatanas, caudas e outras partes. A bexiga natatória é um órgão interno (que fica dentro do peixe) que auxilia na flutuabilidade. Com ela, o peixe pode escolher em qual profundidade ficar!

— Como assim, escolher?

A bexiga natatória é como se fosse um saco flexível, ou seja, mole. Além disso, é impermeável, o que significa que nenhum fluido pode atravessá-la.

— Quer dizer que se algum líquido ou gás entrar na bexiga natatória, ele ficará preso lá, o tempo que o peixe quiser?

Isso mesmo! Geralmente os peixes procuram se manter em uma profundidade na qual eles não precisam fazer muito esforço para nadar. Mas se por algum motivo eles precisarem mudar a profundidade, podem fazer isso alterando o *volume* ou o *tamanho* da bexiga natatória.

— Que legal! É como se apertassem um botão de elevador e eles subissem ou descessem à vontade?

É bem parecido. Agora, assim como o elevador, que só pode subir até o último andar do edifício e descer até a garagem ou o térreo, os peixes só conseguem usar a bexiga natatória dentro de certos limites. O mais sensacional é que você consegue entender como isso funciona e até fazer algo parecido com o seu próprio corpo!

— Como isso funciona? Como posso fazer algo parecido com o meu próprio corpo?

Calma, uma pergunta de cada vez... Vamos ver:

- a bexiga natatória funciona com o peixe engolindo o ar e colocando-o na bexiga. Ela fica inchada com o ar que entrou, e o peixe acaba subindo, ou seja, ele fica mais perto da superfície. Se o peixe quiser "descer", ele retira o ar da bexiga, fazendo com que ela fique mais vazia.

- você pode tentar uma experiência parecida se tiver uma banheira em casa, ou algum lugar com bastante água, como uma piscina, onde caiba seu corpo inteiro sem encostá-lo na borda. Tudo o que você precisa fazer é deitar na água, como se estivesse flutuando, e inspirar fundo. Veja o que acontece com o seu corpo! Ele vai "subir" ou "descer" na água? E se você expirar, ou seja, soltar todo ar, o que vai acontecer com o seu corpo?

Indo mais fundo

Se você quiser aprofundar os seus conhecimentos e pesquisar mais sobre flutuabilidade, aqui vão algumas sugestões:

1) Para medir o volume de um corpo, podemos usar uma técnica chamada *deslocamento de água*, conforme mostra o desenho abaixo.

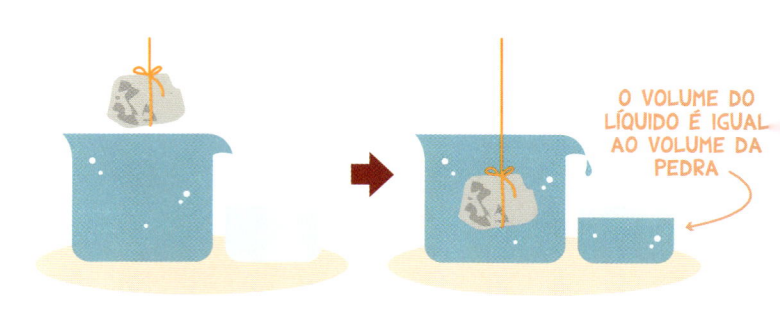

O VOLUME DO LÍQUIDO É IGUAL AO VOLUME DA PEDRA

Repare que quando colocamos um corpo (no caso, uma pedra que está amarrada em um barbante) cuidadosamente em um frasco que contém água até a borda, parte da água cairá para fora do frasco. A água é um líquido e tem volume próprio. O volume de água que a pedra desloca é igual ao próprio volume da pedra, uma vez que elas (a pedra e a água) estão ocupando o mesmo espaço. Fácil de perceber?

2) Já experimentamos colocar objetos em algum líquido, inclusive nós mesmos, e o que sentimos é que geralmente o objeto fica mais leve. Podemos fazer uma experiência que se refere ao *Princípio de Arquimedes*. Veja o desenho abaixo. Nele, temos um objeto cujo "peso" é de 3 kg e dois frascos, sendo um cheio de água até a borda e outro usado para coletar a água que cair para fora desse frasco. Existem também duas balanças que medem o peso do objeto e o peso da água que caiu fora do frasco.

Quando colocamos o objeto de 3 kg em um frasco com água até a borda, ele derrama um tanto de água (de volume igual ao seu) e fica mais leve. O peso do líquido derramado é igual à diferença do peso do objeto quando ele é colocado nesse líquido em relação ao seu peso fora do líquido. Ou seja, surge uma força de baixo para cima que faz com que o objeto fique mais leve. Essa força é igual ao *peso do líquido que o objeto desloca*. O nome dessa força é *empuxo*.

67

para gostar de ciências

Editor-chefe
Rodrigo de Faria e Silva

Produção editorial
Letícia Mendes de Souza

Edição
Gabriella Plantulli

Produção gráfica
Camila Catto
Sirlene Nascimento
Valquíria Palma

Preparação
Ana Tereza Clemente

Revisão
Patricia Bernardo de Almeida
Gisela Carnicelli

Ilustrações e diagramação
Caio Cardoso

© Fernando Dorfman Knijnik, 2016.

Este livro foi composto em Frutiger e impresso pela Nywgraf em offset alta alvura 90g/m², em outubro de 2017.

TWO SIDES
www.twosides.org.br